맹물 같고 맨밥 같은

열/린/시/학/정/형/시/집 175

맹물 같고 맨밥 같은

박명숙 시조집

고요아침

풀잎 끝에 이슬이 곤두서는 문장의 아침,

그 첫 서슬에 기대어

2022년, 등단 서른 해, 늦가을

박명숙

차례

/

제1부

제3부

제4부

제
1
부

개양귀비

꽃잎 한 장 떨어져 천하를 품고 있다

죽음에 지지 않는 세상 끝의 마음 한 장

눈먼 봄, 입술 한 잎이 소지처럼 일렁인다

반가사유

입꼬리만큼 마음의 꼬리를 끌어올리고

사유는 반만 접어 무릎 위로 올린다

그믐을 흘러들어온 달빛이 정박 중이다

떠날 듯 머무를 듯 잠길 듯 떠오를 듯

뺨에 물린 손가락으로 고요를 짚는 동안

눈초리 휘어진 달빛이 그믐을 빠져나간다

적벽

성냥불 타들어가듯 물빛 홀로 꼬부라지는데
정강이 일으켜 세우고 적벽이 건너온다
징검돌 하나씩 버리면서 저벅저벅 건너온다

어둠살 들이치는 물결과 물결 사이로
금천강 저녁답 실핏줄을 터뜨리며
적벽이 물 건너온다 들소처럼 건너온다

해거름 물소리는 솔기마다 굵어지는데
성미 급한 어둠을 한 걸음씩 들어올리며
핏물 밴 적벽 한 채가 철벅철벅 건너온다

해바라기 한 송이의 눈동자

누구나 총에 맞아 죽는 것이 아니라

총소리를 먼저 맞고 알아서 죽는 거지

촘촘히 총탄이 박힌 목소리가 들리지 않니?

총알받이 되어서 석양에 목을 뉘며

외로운 언덕의 총소리로 타종되는

저것 봐, 큰 해바라기 한 송이의 눈동자를

구름의 문고리

1.
개울은 밀주처럼 아침을 흘러나오고
노을은 밀어처럼 저녁을 괴어올라
아침은 누설이 되고 저녁은 번져갑니다

2.
두어 달 굶은 눈이 내일은 내려올까요
허술한 구름의 문고리를 잡아당기면
다락문 벌컥 열리듯 소낙눈이 쏟아질까요

참았던 가뭄의 몸내가 생목같이 올라오고
가랑잎도 닭울음도 부서질 듯 카랑합니다
내일은 굶은 눈들이 허겁지겁 내려올까요

눈물

눈물이 유품처럼 내게로 굴러온다 근무 연한도 없지만 폐업 또한 할 수 없는, 오래된 눈물의 나이를 나로선 알 수 없다

구불구불 산길 걷던 엄마 눈물 몇 걸음, 싸락눈은 쌓이는데 눈물은 갈 곳 없어, 고개를 넘지 못하고 핏물만 배어 들어

녹슨 철판의 미소로나 내게 다시 오실까 모서리 부서진 미소로나 오실까, 미소의 가이드라인도 나로선 알 수 없어

덜컹덜컹 먼 데서 눈물이 굴러온다 어둠살을 빛내며 유품처럼 굴러온다 허기진 내 눈 속으로 바퀴처럼 들어선다

겨울밤

함박눈 펄펄 끓어 쇠잠을 달이는데

불빛 한 올 꿈틀대며 벌레처럼 기어나와

안마당 쌓인 고요에 고랑을 뚫어갑니다

돌밭

찔레꽃과 탱자꽃이 돌밭 가에 나앉아서

쌉쌀하거나 까슬하거나 우르르 나앉아서

숱 없는 머리채 흔들며 향기로나 나앉아서

서해에서 기다릴게요

오랫동안 당신을 불러보질 못했어요
망망한 서천 어디 여태도 계시는지

서해는 금박을 물고 저녁을 맞습니다

저 햇살로 댕기를 만들어 주실 거지요
한 자락 얇게 떠서 물동이에 이고 오세요

눈부신 금박댕기 매고 골목길 달리고 싶어요

울 엄마 살아 있다고 자랑하고 싶어요
엄마를 부르면 엄마가 돌아오는 곳

서해는 당신의 바다, 서해에서 기다릴게요

해바라기, 해바라기
— 고흐

지나가던 돌담에 성냥을 북, 그으면

해바라기 피어오르지, 한순간을 저지르듯

성마른 불꽃 한 잎이 화르르, 고꾸라지지

우울이 노오랗게 맴도는 벽 모서리를

찢을 듯 노려보는 눈길 퀭한 붓대마다

바늘쌈 쏟아놓은 듯 살풍경이 빗발치지

택배

당신을 현관까지만 배달하고 왔어요

한 꾸러미 열쇠로도 어쩔 수 없었어요

돌아선 발걸음마다 자물쇠만 철렁였어요

덤인지 우수리인지 참으로 무거웠어요

누군가 훔쳐갈까 돌아보지도 않았어요

당신을 문 앞까지만 부려놓고 왔어요

쑥이야

물어봤자, 결국 내 이름은 쑥이야

고작 흔한 봄이고 독 오른 여름이지

바람에 모가지를 뉘는 가차 없는 쑥이야

불 탄 자리 한 뼘 두 뼘 엎드린 세상마다

불씨를 뒤지며 잿더미 기어 다니는

쑥이야 쑥대밭이야 잠 잃은 봉두난발이야

지어 紙魚

글자와 글자 사이를 헤엄치며 놀다가

배고프면 퉁퉁한 글자 한 쪽 베어 먹고

건너뛴 음풍농월로 돌아가서 누웠다가

자음을 들쳐업고 모음까지 가는 길에

행간을 돌고 돌다 어질머리 찧다 보면

글이 날 파묻을 거야, 세상을 걸어 잠그고

별도의 숲

유월의 첫 강의는 밤꽃에 관한 서사
전문적인 향기를 허공이 베낄 동안
빠르게 꽃술을 늘이며 여름이 달려든다

서두부터 어지러운 꽃들의 속기록이
부우연 달변으로 뒤덮인 첫 더위가
이마를 들이받으며 숲길을 막아선다

고약하고 숨 막혀라 햇살도 쟁쟁한 날
보리수염처럼 쇠어가는 자욱한 책장마다
능선을 회오리치는 밤꽃들이 소란하다

울음을 위하여

태어났으니 울었겠네 무시로 울었겠네

나머지 울음이야 쥐 파먹듯 파먹혔겠네

희미한 웃음 한 가닥도 배냇짓처럼 고팠겠네

숨죽이며 묻어 놓은 속울음만 깊어갔겠네

꺼질 듯 꺼질 듯이 움처럼만 살아남으면

태어난 새순의 울음으로 마지막도 울고 가겠네

촛불

군살 많은 어둠 속으로 마른 잎처럼 타오른다

촛불의 어느 쪽에서 기억이 켜진 걸까

파리한 옛 시간들로 바리케이트를 쳐 나간다

너무 잦은 슬픔은 들리지를 않는 걸까

주파수를 놓쳐버린 기도의 방향마다

불빛이 혀를 일으키며 풀잎처럼 몸을 떤다

포구에서

포구는 바람으로 옷을 지어 입지만

옷섶에 날 껴묻고 수잠을 청하지만

저무는 날마다의 바람은 실밥만 너덜대네

너덜댈 뿐, 잠의 생각도 꿈이라면 너덜댈 뿐

마음만 갖다 대도 삭아내리는 포구 끝에서

파도는 쐐기풀처럼 일어나 바람을 다시 깁네

흰가시엉겅퀴

아직도 여름이면 엉겅퀴가 피는데

아가야 할머니도 빈 젖이 달려 있단다

아직도 쭈그렁 주머니로 널 먹이고 싶단다

banjiha

당신이 들여다보면 쥐구멍이 되는 곳

금쪽같은 햇살이 구둣발에 밟히면

반 뼘쯤 지상으로 난 숨구멍도 막히는 곳

제
2
부

집 한 벌

허허벌판에 꺼질 듯 집 한 벌이 서 있네

무명실로 짜 올린 허름한 피륙 한 벌로

거미가 밑실 뽑으며 처마를 들어 올리네

구름의 부족

이 골짝 저 골짝 소수민족처럼 피어올라
태어난 제 골짝의 몸빛이며 입김으로
구름이 허리를 트는 사이 장대비 그쳤습니다

아랫도리 마르지 않은 걸음 느린 여름날
새들도 젖은 깃털로 바람을 품었을까요
흰 핏줄 물려받은 구름이 능선을 올라섭니다

눈꺼풀
— 개구리울음을 쫓아라*

연못에 돌 던지는 그녀로 살아 볼거나
객사에 잠 못 드는 외로운 나그네 있어
눈꺼풀 치켜올리며 한밤 꼴딱 새워 볼거나

중중첩첩 본 적 없고 들은 적 없는 명 받들고
비몽사몽 개구리울음 딛다가 자빠지다가
눈꺼풀 누르는 잠에게 돌 챙챙 던져 볼거나

달도 별도 아주 떠난 소슬한 연못가에서
꼴딱꼴딱 개구리 떼 숨넘어가는 여름밤을
눈꺼풀 이슬에 잠기는 계집종으로 살아 볼거나

* 원주 옛 감영의 연못 터에 얽힌 설화에서 발상을 얻음.

달빛

누구는 강물의 가슴팍으로 뛰어들고
누구는 늑대의 울음 속으로 뛰어들어
달빛을 필사본으로 베끼며 살다 갔다

달빛은 더 이상 운행을 하지 않아
기지로 들어가는 열차처럼 문을 닫고
허물이 벗겨지도록 거듭나는 삶도 없는데

먼 길 가며 버릇처럼 바라보는 밤하늘엔
세상의 소지들이 구름처럼 들락거리고
어둠도 물이 차올라 몸빛 한창, 맹렬하다

다시 회룡포에서

삶이 날 감돌다가 쇠비늘을 입은 듯이

몸뚱이 번쩍이며 물굽이를 틀고 가다가

갑옷을 철걱대면서 시퍼렇게 일어나듯이

돌멩이 사용법*

돌멩이가 사람 노릇 하는 날도 있구나
정오의 역광장에 사람 대신 들어앉아
땡볕에 두들겨 맞는 벌건 날도 있구나

저마다 섬이 되어 오도 가도 못하고
그림자만 팽팽히 달구어지는 구역을
떠나면 안 되는구나 끼니를 놓치는구나

사람이 맡기고 간 울퉁불퉁한 시간마다
목젖은 벌어지고 허기는 달려드는데
돌멩이, 돌멩이들만 점점점 가파르구나

* '돌멩이가 줄 서는 한낮의 대전역 광장'(2021.7.6. 〈한겨레21〉)
기사에서 발상을 얻음.

서해

파도의 입술은 순하고 따뜻하다

갈매기 날아들어 그 입술 물어 올리면

열리는 입술 사이로 섬들이 반짝거린다

해당화 꽃 진 자리 노을이 들어서고

발자국도 함지박만 한 고요를 키워간다

저녁을 짓는 서해가 아이를 불러들인다

그 얼굴을 걷는다

주름 사이를 걷다가 흉터의 길로 들어선다
뼈와 뼈를 밟고 넘어 눈앞에서 멈춘다

동공에 펼쳐진 사막, 큰 여름으로 들어선다

흰 구름 두개골에 숭숭 뚫린 구멍 새로
길처럼 드나들며 둥지를 튼 얼굴을

비바람 눈보라 사이로, 그 얼굴을 걷는다

다시마 너는 여자

지느러미 굽이치는 다시마를 널고 있다
황갈빛 등근육이 번들대는 다시마를
키 작은 마을 여자가 비탈처럼 널고 있다

한나절 넘어가던 물 좋은 여름해도
뿌리째 끌려온 몇 다발의 파도 위를
꼬리 긴 오르막인 듯 맨발로 타오른다

모가지 치켜들고 날비린내 뿜어내며
덕장으로 끌려온 완강한 목숨들을
아가미 파리한 여자가 젖은 생처럼 널고 있다

대오

바람이 압송하는 구름의 대열 좀 봐

국적도 나이도 알 수 없는 용병들처럼

초가을 언덕을 넘어 무럭무럭 끌려오는군

대오를 정비하느라 대오각성도 늦어지나

대책 없이 키를 재고 몸집을 늘리는군

하늘을 곤두세우는 무장무장한 구름 좀 봐

또랑광대처럼

또랑광대처럼 조잘대며 냇물이 흘러간다
넉살 좋은 거지처럼 사설을 늘어놓는다
함박눈 한 상 받은 아침에 목청을 풀고 있다

잡동사니 마음도 옷고름처럼 풀려나간다
가문 겨울 한 대목을 꺾어 보다 뉘어 보다
귀썰미 밝아진 물소리가 함박눈을 갉아먹는다

게임, 런닝맨

도처에 방울소리

엄마가 다가온다

아직도 난 숨어 있다

독 안에 든 생쥐다

엄마가 뚜껑을 쥔다

지나쳐요 날, 제발

거울

깨뜨린 지 오래된 얼굴을 깁고 싶다
흩어지고 달아난 눈 코 입 불러 모으고
소리에 찢긴 두 귀도 가지런히 달고 싶다

세상에 내걸린 오래된 액자 속으로
허방인 듯 짚어가는, 잊혀진 눈 코 입 귀
아득한 그 그림자들을 그물처럼 깁고 싶다

아퀴

협상은 결렬되고 모든 건 집행될 테지
몸이든 마음이든 강제로 철거될 테지
타드는 목숨의 소유권을 당신은 주장할 테지

간이든 쓸개든 어디든지 매달릴 걸
손끝 하나 안 대고 삶의 아퀴를 짓는 당신
날숨을 틀어막고서 들숨마저 꺼뜨릴 테지

서귀, 포

된바람 그치느니 어머니 품속처럼
홍로천 깊숙이 머리를 묻었다가
서귀포 칠십 리 돌아 배 한 척 떠나느니

뒷물결이 앞물결을 거뜬히 밀어 올리며
물 능선 이랑이랑 하얗게 부서지는데
당신은 세상 어디로 몸을 저어 가는지

어둠을 캐내느라 뭇별들 빛나고
난바다 헤치느라 파도 소리 빛나는 곳
서귀포 칠십 리 뱃길에 동백도 등을 켜느니

느티 그늘

수제비 던지듯, 말을 툭툭 떠 넣듯

찔끔찔끔 그림자를 떼어 던지는 느티나무

뙤약볕, 감질난 그늘을 깨금발로 건넌다

모과처럼

― 정진규

썩는 것도 삶이라던 선생은 잘 썩었을까

알약을 가마니로 먹었으니, 틀렸다고

책상 위 모과처럼 썩기는, 글렀다 하시더니

저승 냄새 서둘러 몸 냄새로 맡고서는

빨리 썩고 잘 썩기를 그리도 바라시더니

거기선 어떠하신가, 모과보다 어떠신가

여름밤

소금 알갱이 몇 알을 뿌려놓은 밤하늘

서걱대는 별들이 따가운 눈을 부빈다

나 혼자 푹푹 빠지는 어둠이 짜디짜다

혼곤히 기울어가는 한 뙈기 여름잠을

여름잠을 끌고서 소금밭로 어딜 가나

별 하나 디딜 때마다 어둠이 솟구친다

점심시간이다

무너진 만리장성*에서 짜장면을 먹는다

무너지지 않으려고 멸망하지 않으려고

면발을 걷어 올리며 사태지지 않으려고

허리춤 끌어올리듯 한 끼를 끌어올리면

태산도 눈에 들고 장강도 품에 든 듯

무너진 만리장성 위로 하루가 후끈해진다

* 무너진 만리장성 : 서울 강동구에 위치한 중식당 이름.

접시꽃이 피었다

— 박권숙 생각

손이 닿질 않는다 시렁이 너무 높다
흔들면 깨질 것이다 데려올 수 없는 여름
티 없는 비단 접시가 귓바퀴를 붉힌다

고이 여민 보자기를 바람이 끌러 보았을까
적막한 그 살갗이 화독을 입은 여름
꽃 걸음 나직이 울리며 신전을 지나간다

제
3
부

검은 저고리

내려오지 않는 소매
저물지 않는 깃동

그림자 창에 걸린
어머니 검은 저고리

부러진 바늘 끝으로
저녁을 꿰어 들었다

물갈퀴

한 마리 아버지, 아버지가 주저앉는다

젖은 깃 털어내고 털어내며 주저앉는다

달빛만 울창한 눈에 물비늘이 번쩍거린다

격렬하게 노 저어온 하루가 기우뚱대면

못물의 굽은 어깨도 벼랑으로 쏟아지고

한 마리 우리 아버지, 아버지도 주저앉는다

실뱀의 시간

한 손으론 가슴을 한 손으론 음부를
이브도 비너스도 그 곳만 부끄러웠나

남은 손 더는 없으니 가릴 곳도 없으니

어제는 마른 머리칼 모닥불로 타오르다가
오늘은 젖은 머리칼 비린 그늘로 감기는데

뿌리 긴 그대 혓바닥 어느 봄날로 갈라지나

버킷 리스트

모조리 한 군데로만 쓰러지는 건 아녀
모가지를 돌리고 맞서는 놈 있다니께
꼭 한번, 보리 모가지처럼 홱, 하니 돌아서는

큰바람에 한 번은 해보고 싶었을 거
죽기 전에 한 번은 꼭 해보고 싶었을 거
파도가 한구석으로로만 우우우 쓰러질 때

작달비

숨소리가 거칠다 누구를 기록하는가

무엇을 옮기려는가 회초리 같은 직필들

왕조의 마당을 열람하는 궐문이 삐걱인다

비의 기록이 내걸린 낭자한 상소의 뜰

풍경을 문초하듯 긴 서슬 내리치는가

이마를 찧고 찧으며 낙관들이 타오른다

벌어진 자리

내 몸의 구멍들은 모두 다 그릇이라

무엇이든 들어오고 무엇이든 달아나는

한 생애 살과 뼈 사이로 낙숫물을 다시 받는

불빛에

불빛이라 아무려면 별빛보다는 불빛이라

이승의 개똥밭을 구르는 불빛이라

그 불빛 멀고 멀어도 별빛보다 멀다 해도

불빛에 눈이 멀지 별빛에야 눈이 머나

어둠을 깊이 찌르는 바늘만 한 저녁 불빛

타드는 목숨 한 올을 그 귓문에 꿰어 보네

해 질 무렵

개똥아 개똥아 어디 있노 개똥아

골목이 떠나가도록 개똥이를 부르는
개똥이 할매 눈빛이 노을로 물드는데

풀섶을 나뒹굴던 개똥참외 덩굴덩굴
개똥 할매 치마꼬리 덥석 물고 따라와요

개똥이 여기 있어요 여기 있어요 개똥이

도움닫기

마음을 노려보다 한순간 틈을 딛듯
숨죽인 첫 낱말이 구름판을 뛰어넘자
거느린 말과 말들의 추궁이 시작되었다

문장은 문장으로 속도를 잇지 못한 채
허공을 내달리던 자획만 굴러떨어져
잠 못 든 패잔병처럼 핏발로나 몰려 섰다

소녀

총총 땋은 네 머리가 이삭으로 여물어가던

보리밭 여름 한철이 세상 모르게 일렁일 때

깜부기 풀어헤친 머리로 나도 거기 서 있었지

책 읽는 노인

책 읽는 노인 곁으로 햇살이 모여들어
발등을 오르내리며 개미처럼 놀고 있다
심심한 한낮의 시간이 자잘히 부서진다

맹물 같고 맨밥 같은 삶에 얹힌 소금알같이
하루해도 그냥저냥 간간해지는 여름날
읽고 또 뇌는 세월이 다음 장을 넘기지 못한다

울음 터

맹꽁이마다 울음주머니에서 울음을 꺼내네
맹맹 꽁꽁 맹꽁맹꽁, 맹공을 퍼붓네

장마철, 바리케이드 친 웅덩이마다 뜨거워지네

난장인지 전장인지 죽기 살기로 삼엄해지네

왁자한 목청들을 고삐처럼 틀어쥐고서
타고난 울음꾼들이 혀의 페달을 밟고 있네

외등

산모롱이 외등은 눈빛이 되알지다

비탈진 동공 속 가시 바늘이 따갑다

완강한 밤의 나이테가 실핏줄처럼 터진다

포울스 선생*의 하루

도시는 봉쇄되고 꽃밭도 파쇄된 날
학교는 교문에다 자물쇠를 걸었다
아이들 고픈 하루에 족쇄가 채워졌다

점심 배낭 짊어지고 이십 리 먼 길 나서
쥐새끼도 얼씬 않는 적막을 가로지르며
선생은 어린 제자들의 나귀 되어 걸었다

오직 하루, 또 하루, 물러서지 않도록
이 세상 전부인 이름들을 호명하며
뜨거운 밥이 되어서 주인에게로 걸었다

* 영국 그림즈비의 웨스턴초등학교 교사.

불 꺼진 코

유채꽃 갈아엎고
튤립 목 잘라내며

사회적 거리를 벌려
향기마저 꺼뜨린 봄

내 코는 암중모색 중
꺼진 불을 뒤지는 중

꿀벌

줄무늬 작업복이 꽃밭으로 뛰어들어

곡괭이를 힘차게 하늘로 치켜든다

향기에 내려 찍힌 봄이 십 리 밖을 튀어나간다

망향 휴게소

휴게소에 차들이 꽁무니를 물고 있다

고향으로 달리던 생각들이 밀린다

누구나 순번이 없는 그리움으로 목이 탄다

내 마음이 네 마음을 앞지를 수 없는 곳

보고픔도 기다림도 꼼짝없이 대기 중인데

새파란 하늘 가르며 구름들이 달아난다

흐린 무릎

아침을 수소문하며 흐린 무릎을 일으킨다

허둥지둥 걸음을 펴부으며 길을 나선다

펼 수도 접을 수도 없는 하루가 불덩이 같다

대숲

대숲에 부는 바람이 마당까지 쓸고 있다

산그늘과 겸상하듯 저녁밥을 먹는 날

모골도 송연한 바람에 청대 냄새 어지럽다

오래된 연옥의 묵은 적막이 터진 걸까

한 생애 마지막이듯 대숲에 바람 분다

다저녁 긴 옷자락이 마음 끝을 쓸고 있다

그 입술

윗입술에 등 기대고
아랫입술에 앉아서

누군가 불 댕기러
오기만을 기다리나

불잉걸
목젖을 넘어
재가 되길 기다리나

제
4
부

소쩍

제 살을 다 발라서 소반에 차려놓고

남은 뼈로 절하는 한 사내를 바라보네

울음도 굶어야 하는 소쩍새가 그 절 받네

기도와 기도 사이로

눈이 내리려나 바람은 수선한데
기도와 기도 사이 발 디딜 틈이 없다
뒤엉킨 신발들의 길이 희끗희끗 날린다

귓밥이 늘어지도록 밀려드는 기도를
절반쯤 감은 미소로 꾸역꾸역 답하는
대웅전 부처님께도 기도는 선착순이라

바람은 수선한데 눈이 곧 내리려나
법당을 붐비는 기도와 기도 사이로
산사의 풍경소리도 검불처럼 흘러든다

토끼에게

나는 간으로만 글을 쓰지 않았을까
퉁퉁 부은 간을 들어 삶을 그려 냈으려니
파도의 등비늘 같은 삶이 못내 가려웠을까

출전을 기다리는 간덩이가 무거웠을까
바위를 품고 있는 축축한 머리통도
한낮의 방파제 너머로 떠내려가는 귓바퀴도

갑골을 물에 새긴 완강한 경전 앞에
질긴 풀을 씹으며 거친 입을 놀리며
검붉은, 간을 흥정하는 여기는 내 땅이라

악착같이

아귀찜 먹으려고 밥집 앞에 줄을 대면
설 자리 조어드는 뱃구레만 헐렁헐렁
밥 달라 밥을 달라고 시간도 홀쭉해지는데

입은 허공이고 목구멍은 삭정이 같아
똬리 튼 덤불로 일렁이는 점심 한 끼가
천지간 배를 곯아온 아귀처럼 덤벼듭니다

밤에게

내 잠을 보관해 줘
어떤 꿈도 들이지 말고

불빛이 새순을 내밀어도 안 되지

어둠에 땅이 꺼지는
잠결을 단속해 줘

가을 하늘

구름들이 새어나가는
그런 일 없을 거라고

구름들이 흘러넘치는
그런 일도 없을 거라고

하늘은
자꾸자꾸만
넓어지고 깊어집니다

만월

왼편은 산자락으로 오른편은 골짜기로

내 삶이 저토록 둥글어질 수가 없다

절반은 내 몸이지만 절반은 네 몸이다

산허리 내린 달빛 골짜기로 품어 안고

이승에서 둥글어지다 저승 가서 하나 될까

절반은 땅의 몸이나 절반은 하늘 몸이다

아침 발목

고슴도치로 잠들었다 생쥐로 깨어나
지네에게로 건너가는 아침을 맞는다
천지간 발을 놀리며 긴 하루를 딛는다

가시 돋친 꿈 지나 꼬리 내린 새벽 지나
족쇄를 물고 가는 시큰한 발목마다
아침은 허기를 낳느라 쥐구멍처럼 팽팽해진다

낙법

— 반송

세월이 넘어뜨린 내 몸을 내가 받네

절반은 선 채로 절반은 앉은 채로

한 천년 일으킨 구름도 찰나에, 내가 받네

왕, 버들

새끼 꼬듯 한번 꼬고 똬리 틀 듯 한번 틀며

버들 중의 버들로 만수무강 하시려나

용마루 걷어버리고 치렁치렁 사시려나

다리 꼬듯 허리 꼬고 몸 틀 듯 마음 틀며

이무기 중 이무기로 세세년년 누리시려나

용 틀며 용솟음치며 봄하늘 굽이치시며

자투리 하늘

지붕과 첨탑에게 여기저기 잘라 먹히고

자투리만 남은 자락 이리저리 끌어당기며

올올이 청람빛 오후를 기워가는 가을 하늘

토요일 오후

복권 한 장 못 사는 토요일은 억울해라

뱀처럼 꼬부라진 더위 먹은 줄에 끼어

오천 원 높이 쳐들고 스무 살이 웃는다

개꿈을 꾸는 것도 버릇이면 버릇이라

넋 나간 행운을 개구멍으로 밀어 넣으면

대낮의 적막강산이 블랙홀로 빠져든다

마음 짓기

방 한 칸 옷 한 벌로 하루를 지어가던

낡은 집 등을 끄고 세간 같은 몸을 꺼내

밥사발 놋수저 곁에 마음과 함께 놓네

조용하다는 것은

유리창을 경유해 간 섬뜩한 저런 웃음

저런 웃음은 누구와 싸우고 있는 걸까

이런 날 성냥개비들은 왜 이리 조용할까

편의점 우산들도 비 한 방울 맞지 않네

유리창을 경유해 간 섬뜩한 저런 눈물

눈물은 누구와 더불어 잘 놀고 있는 걸까

왕릉 근처

절반은 솟아오르고 절반은 내려앉아

이승과 저승이 나란히 살아가는 곳

구름도 앞섶을 풀고 나른히 흘러갑니다

먼 바람 건너온 자우룩한 별들이

이 빠진 솔숲 사이로 꿈자리를 트는 곳

세상도 어둠을 켜들고 한오백년 건너갑니다

반곡지

오른손엔 복사꽃 왼손에는 왕버들

근수를 속여 볼까 추를 슬쩍 밀어 볼까

몸값을 재지 못하고 무너지는 봄 한 철

우체국에서

그렇게 늘 보내는 사람이 되고 싶었다

받는 사람 주소를 써나갈 때 행복했다

마음을 부치고 나면 우체국은 따뜻해졌다

내 이름 쓸 때마다 뒤통수 부끄러워도

어쩌다 눈물이 저 혼자서 핑 돌아도

살아서 받는 이에게, 보내는 이로 남고 싶었다

예순, 이후

예순 살이 되려고 나는 또 뛰어내렸을까

예순다섯이 되려고 하루하루 죽어갔을까

그렇게 떠나야 할 날의 걸음으로, 기어올랐을까

관념의 감각화, 그 이미지의 변주

임채성

시인

1. 표층적 언어와 심층적 의미 사이

영국의 시인이자 화가인 블레이크William Blake는 "한 알의 모래 알갱이에서 세계를 보며, 한 송이 들꽃 속에서 우주를 본다"고 했다. 이를 가능케 하는 이가 시인이다. 시인의 물활론적 상상력은 생명과 사물의 세계를 소중히 여기며 그것들과 끊임없이 소통하고 교류한다. 시인에게는 이세계의 모든 것이 시적 대상이다. 눈에 보이지 않는 어둠의 미립자부터 밤하늘의 별빛까지 모두를 아우르는 폭넓은 스펙트럼을 가진다. 여기에 현대 문명과 인간사회에 내재된 불합리·부조리에 대한 비판적 상상력도 곁들여진다. 사실주의와 낭만주의의 결합을 통해 포스트모더니즘의 세계로 나아간다고나 할까. 시를 통한 '인간-생명-사물'

의 관계 회복은 포스트 팬데믹 시대 위축되고 왜소해진 인간을 세계와 공존하는 확장적 존재로 인식 전환하는 기폭제로 작용할 수 있을 것이다.

이러한 새로움의 가치에 대해 끊임없이 사유하고 탐색하는 이가 박명숙 시인이다. 물활론적 상상력을 통해 현실과 사물의 관계를 구축하는 그의 시편들은 미학적인 완결성 또한 매우 돌올하다. 그의 시조는 언어와 사유가 한 곳에만 머무는 것을 허락하지 않는다는 듯 끊임없이 확산한다. 수직과 수평, 직선과 곡선, 상상과 실재, 현상과 이면을 자유롭게 넘나들며 시의 외연을 넓혀간다. 그의 언어는 수풀 사이를 쉴 새 없이 날아다니는 멧새 떼의 날갯짓처럼 활달하고, 사유는 늦가을 낙엽 쌓인 공원을 홀로 산책하는 칸트의 발걸음처럼 진중하다.

"풀잎 끝에 이슬이 곤두서는 문장의 아침,/ 그 첫 서슬에 기대어"(「시인의 말」) 펴낸 이 시집 『맹물 같고 맨밥 같은』은 어느 한 편도 허투루 읽고 넘어갈 수 없을 만큼 단단하고 조밀하다. 빈틈없이 들어찬 옥수수의 고른 낱알이나 씨줄 날줄로 촘촘히 엮은 세모시의 섬세함과도 닮아있다. 박명숙 시인은 연금술사처럼 언어를 주무르고 마무른다. 사유라는 거름망을 거친 그의 언어는 익숙하면서도 낯선 이미지의 싹을 틔운다. 메말랐던 언어의 숲을 어느새 새들과 풀벌레가 춤추고 노래하는 건강한 숲으로 변모시키는 것이다.

이를 위해 시인은 언어에 대한 밀도 높은 자의식을 보여준다. 집착이라고 느껴질 수도 있을 만큼 언어에 대한 예민한 자의식은, 표층적 언어 의미와 심층적 언어 의미 사이에서 새로운 길을 모색하는 것처럼 보인다. 끊임없이 세계를 의미화하고 조직화하는 존재가 시인이라고 볼 때, 그 방법적 도구가 언어 외에는 마땅치 않다는 생각을 가지고 있는 것은 아닐까. 시인은 일상적 단어 하나에도 시심을 불어넣으며 그 언어의 파생성과 적확성을 모색해 확장된 세계관을 독자에게 전달한다. 굳어진 일상의 언어를 비틀거나 재조립하여 기존의 의미체계를 해체함으로써 '낯설게하기'의 전범을 보여주는 것이다. 그 때문에 원관념보다는 보조관념의 언어를 비유적으로 강조함으로써 과장과 풍자를 하나의 알레고리적 수사법으로 차용하고 있는 점도 박명숙 시조미학의 한 특징이라 하겠다.

2. 실체화된 관념, 관념화된 이미지

글자와 글자 사이를 헤엄치며 놀다가

배고프면 통통한 글자 한 쪽 베어 먹고

건너편 음풍농월로 돌아가서 누웠다가

자음을 들쳐업고 모음까지 가는 길에

행간을 돌고 돌다 어질머리 찧다 보면

글이 날 파묻을 거야, 세상을 걸어 잠그고

—「지어紙魚」 전문

　시인에게 상징과 은유는 전가의 보도이다. 세계를 사유하는 방법으로써 가장 오래된 비유 방식인 상징과 은유는 서로의 가치 체계를 넘나들며 표층적 언어를 심층적 의미의 세계로 끌어들인다. 「지어」는 박명숙 시인이 추구하는 언어의 자의식에 대한 메타포라 할 수 있다. 제목으로 쓰인 '지어'는 표면상 '종이 물고기'를 뜻하지만 책에 기생하는 좀벌레(책벌레)를 지칭하는 은유적인 표현이기도 하다. 시적 자아를 좀벌레에 비유함으로써 글쓰기의 어려움, 즉 '시작詩作'의 지난함을 에둘러 표현하고 있는 것이다. "자음을 들쳐업고 모음까지 가는 길에// 행간을 돌고 돌다 어질머리 찧"는 시인이라면 '글' 속에 파묻힌 좀벌레와 무엇이 다른가에 대한 자기성찰이라 할 수 있다. 머릿속에 피어난 관념의 형상화를 위해 시어를 선택하고 의미망을 구축하며, 이를 다시 자르고 다듬고 짜깁는 일련의 과정과 그 속에서의 고뇌가 '종이 물고기'로 파닥거리고 있다 하겠다. 여기서 '종이 물고기'는 원고로 완성되지 못한 파지破紙의 다른 모습이기도 하다. 한편, 물고기 '어魚'는 언어를 뜻하는 한자 '어語'와 동일한 음가를 가진다. 이러한 유희적 기교는 활달한 말부림과 형상화에 대한 시인의 소망이자 염원일 것이다. "숨죽인 첫 낱말이 구름판을 뛰어넘자/ 거느린 말과 말들의 추궁이 시작되었다"는 「도움닫기」도 「지어」의 연장선에서 창작의 고통을 은유하고 있다.

입꼬리만큼 마음의 꼬리를 끌어올리고

사유는 반만 접어 무릎 위로 올린다

그믐을 흘러들어온 달빛이 정박 중이다

떠날 듯 머무를 듯 잠길 듯 떠오를 듯

뺨에 물린 손가락으로 고요를 짚는 동안

눈초리 휘어진 달빛이 그믐을 빠져나간다

— 「반가사유」 전문

　언어에 대한 한계를 절감하며 스스로를 책벌레에 비유했던 시인은 보다 깊은 고뇌에 빠진다. 인간사의 온갖 번뇌에서 벗어나기 위해 깊은 명상에 잠겨 있는 '반가사유상'에 자아를 투영시킨 것이다. 인간의 생로병사를 고민하며 명상에 잠긴 싯다르타(부처)의 모습을 형상화한 반가사유상은 왼쪽 무릎 위에 오른쪽 다리를 걸치고 오른쪽 손가락을 살짝 뺨에 댄 채 깊은 생각에 잠긴 보살상의 모습으로 우리에게 각인된다. 입가에 엷게 번지는 고졸한 미소는 깨달음에 이르렀다는 증표일 것이다. 시인은 스스로 반가사유상이 되어 언어 활동의 지극한 경지에 오르고 싶어한다. 시인의 창작 에너지는 사유다. 사유는 곧 반성과 성찰을 수반하며, 반성과 성찰이 없는 삶은 고뇌하지 않는다. "그믐을 흘러들어온 달빛"은 "마음의 꼬리"처럼 여릿하면서도 검질기다. 알 듯 모를 듯, 잡힐 듯 잡히지 않는 화두의 실마리가 꼭 그럴 것이다. "떠날 듯 머무를 듯 잠길 듯 떠오를 듯" 하는 표현이 그것이다. 그러나 애석하게도 "눈초리 휘어진 달빛이 그믐을 빠져나가" 버림으로써 시인의 명상은 답을 얻지 못한다. 그로 인해 시인은 시인으로서 현현하는 것이다. 고뇌가 깊어질수록 사유 또한 깊어지고, 깊어진 사유는 너비와 깊이의 시학을 완성하는 자양분이 될 테니까 말이다.

성냥불 타들어가듯 물빛 홀로 꼬부라지는데
정강이 일으켜 세우고 적벽이 건너온다
징검돌 하나씩 버리면서 저벅저벅 건너온다

어둠살 들이치는 물결과 물결 사이로
금천강 저녁답 실핏줄을 터뜨리며
적벽이 물 건너온다 들소처럼 건너온다

해거름 물소리는 술기마다 굵어지는데
성미 급한 어둠을 한 걸음씩 들어올리며
핏물 밴 적벽 한 채가 철벅철벅 건너온다

— 「적벽」 전문

기존에 알고 있던 표층적 언어를 새로운 형태의 시어로 바꾸어 놓음으로써 그 의미나 이미지를 새롭게 정립하려는 시도는 여러 시편에서 감지된다. 그중 하나가 「적벽」이다. 이 작품에서는 '적벽'이라는 대상과 이를 세는 단위로써의 '한 채'가 심층적 의미망으로 수렴되고 있다. 시의 대상이자 주체인 '적벽'은 특정한 지명 속의 '그곳'일 수도 있고, 아닐 수도 있다. 해거름 녘의 '노을'이거나 시의 화자에게 다가오는 '불길한 어떤 징조'일 수도 있다. 시인은 그 '적벽'을 상상적으로 변형하여, 원형적 이미지를 생생하게 보존한 시원始原의 공간으로 표상하고 있다. 여기서 우리가 주의 깊게 살펴야 할 것은, 3수로 구성된 길지 않은 시편 속에 꽤 다양한 감각이 직조되어 있다는 점이다. 시각과 청각적 이미지를 중심으로 직조된 그 감각들은 상상과 실재라는 두 공간을 반영하듯 상충과 조응의 대립적 위상을 갖는다.

그런 관점에서 '적벽'은 '실체화된 관념'이자 '관념화된 이미지'라고 해도 무방할 것 같다. 그러니까 기존의 관념이나 존재로부터 낯설게 되기를 끊임없이 추구하며 이를 갱신하려는 데서 발현되는 시적 이미지라는 뜻이다. 적벽의

규모와 양태를 "한 채"로 표현한 것도 이와 무관치 않아 보인다. '채'는 집이나 이불, 큰 기구나 기물 등을 세는 단위이다. '기와집 한 채'나 '솜이불 한 채', '가마 한 채' 등으로 쓰인다는 뜻이다. 그런데 '적벽 한 채'라니…. 시인은 '관념의 감각화'라는 차원에서 이처럼 생경한 표현을 즐겨 사용하고 있다. 원관념의 실체보다 보조관념의 이미지를 강조하는 수단으로서의 단위 바꾸기는 "꽃잎 한 장"을 "입술 한 잎"으로 그려낸 「개양귀비」와 "성마른 불꽃 한 잎"으로 형상화된 「해바라기, 해바라기」, "허허벌판에 꺼질 듯 집 한 벌이 서 있"는 「집 한 벌」, 오리의 이미지를 "한 마리 아버지"로 치환한 「물갈퀴」에서도 그 사례를 찾아볼 수 있다.

누구나 총에 맞아 죽는 것이 아니라

총소리를 먼저 맞고 알아서 죽는 거지

촘촘히 총탄이 박힌 목소리가 들리지 않니?

총알받이 되어서 석양에 목을 뉘며

외로운 언덕의 총소리로 타종되는

저것 봐, 큰 해바라기 한 송이의 눈동자를
　　　　　　　　　　　　　　—「해바라기 한 송이의 눈동자」 전문

포스트모더니즘의 현상학 중 두드러지는 것 중의 하나가 '관념의 감각화'다. 우리가 알고 있는 관념이나 사상을 단상이나 에피그램의 차원을 넘어 시로 완성하기 위해서는 시적 의장意匠이 요구된다. 그 의장 가운데 하나가 '관념의 이미지화' 또는 '관념의 감각화'이다. 현대인의 체험양식에서 자아와 세계는 분리되기 마련인데, 갈등과 대립은 실제의 현실 속에서 하나의 이념처럼 자리매김한다. 이러한 자아와 세계의 갈등 양상을 시인은 '해바라기 한 송이의 눈동자'로 형상화하였다. "촘촘히 총탄이 박힌 목소리"나 "외로운 언덕의 총소리로 타종되는" 공감각적 이미지는 복잡다단한 현대사회와 현대인의 내면 심리에 대한 메타포일 것이다. 자아가 외부세계를 낯설게 포착하여 얻어낸 이미지는 익숙한 이미지를 낯설게 포장한 관념으로서 시인이 추구하는 '낯설게 하기' 그 자체로 보아야 한다. '순수 이미지'란 객관적 대상도 없고, 개념으로 바꾸어 놓을 수 없는 것을 의미한다. 이미지는 이미지 그 자체로서 충분하고 그 밖의 이미지가 지시하는 객관적 대상을 찾는다든지 이미지가 내포하는 철학적 관념을 찾으려 하는 것은 오히려 이미지를 불순케 하는 심리적 과욕이기 때문이다.

> 또랑광대처럼 조잘대며 냇물이 흘러간다
> 넉살 좋은 거지처럼 사설을 늘어놓는다
> 함박눈 한 상 받은 아침에 목청을 풀고 있다

잡동사니 마음도 옷고름처럼 풀려나간다
가문 겨울 한 대목을 꺾어 보다 뉘어 보다
귀썰미 밝아진 물소리가 함박눈을 갉아먹는다
―「또랑광대처럼」 전문

　'관념의 감각화'를 위해 박명숙 시인은 수사적 장치에도
심혈을 기울인다. 「적벽」이나 「해바라기 한 송이의 눈동
자」에서도 나타났듯 새로움과 낯섦 앞에서 물리적 질서를
찾는 다양한 이미지화의 수단으로 활유법과 의인법을 자
주 활용하고 있는 것이다. 이러한 수사법은 자연물을 통해
구체화된다. 「또랑광대처럼」은 물활론적 본질에 대한 이
미지의 변주이다. 본질이란 형상의 영역으로 동양의 정신
세계인 선계仙界의 이미지와도 맞닿아 있다. '또랑광대'는
'판소리를 잘하지 못하는 사람'을 이르는 말이다. 이 시조
에서 '또랑광대처럼'의 주체이자 행위자는 겨울의 끝자락
을 흐르는 '냇물'이다. 그러니까 흐르는 물소리를 음정과
박자가 맞지 않는 '음치'의 이미지로 재현한 것이다. 생명
이 없는 냇물이 졸졸 흐르는 것을 살아서 움직이는 생명 활
동으로 보고 이를 활유법으로 형상화하고 있다. 보편적,
감성적 인식의 대상을 이미지화하는 것은 감각의 영역이
다. 인식의 귀결점은 직관이며 이를 직관하기 위해서는 활
유법적 상상력이 필요하기 때문이다. 이러한 수사적 장치
는 '배송물품'을 "당신"으로 의인화한 「택배」, '쑥'을 "고작
흔한 봄이고 독 오른 여름"으로 표현한 「쑥이야」, "회초리

106

같은 직필들"로 일어서는 「작달비」에서도 발견된다. 활유법과 의인법을 활용한 생동감 넘치는 표현들은 박명숙 시학의 공감력을 키우는 촉매제가 되고 있다.

눈물이 유품처럼 내게로 굴러온다 근무 연한도 없지만 폐업 또한 할 수 없는, 오래된 눈물의 나이를 나로선 알 수 없다

구불구불 산길 걷던 엄마 눈물 몇 걸음, 싸락눈은 쌓이는데 눈물은 갈 곳 없어, 고개를 넘지 못하고 핏물만 배어들어

녹슨 철판의 미소로나 내게 다시 오실까 모서리 부서진 미소로나 오실까, 미소의 가이드라인도 나로선 알 수 없어

덜컹덜컹 먼 데서 눈물이 굴러온다 어둠살을 빛내며 유품처럼 굴러온다 허기진 내 눈 속으로 바퀴처럼 들어선다

—「눈물」 전문

이번 시집 『맹물 같고 맨밥 같은』에서 엿보이는 박명숙 시조미학을 완성하는 또 다른 특징은 원초적 슬픔을 통한 존재의식의 발현이라 할 수 있다. 시인에게 있어 눈물은 인간존재의 심연인 자아를 드러내주는 감정과 사유의 가장 순수한 원형질로 이해된다. 그러니까 울음은 가장 지극한 감정적 상태의 여백을 채워주는 질박한 호흡이며 눈물은 그 이미지라 할 수 있을 것이다. 따라서 시인의 슬픔은

자기 자신을 돌아보는 성찰의 이미지이자 감각적 사유의 방편으로서 의미를 지닌다 하겠다. "근무 연한도 없"고 "폐업 또한 할 수 없는" "오래된 눈물의 나이"를 화자는 알 수 없다. 그것은 아마도 "구불구불 산길 걷던 엄마 눈물"에서부터 시작되었으리라. '엄마'의 부재로 인해 눈물은 쉬이 '미소'로 바뀌지 않는다. 설령 바뀐다 하더라도 "녹슨 철판"이나 "모서리 부서진" '불완전한 형태의 미소'로만 가능하다. "어둠살을 빛내며 유품처럼 굴러오"는 그 '눈물'은 "태어났으니 울었겠네 무시로 울었겠네"(「울음을 위하여」)라는 태생적인 슬픔을 반추하다, "타고난 울음꾼들이 혀의 페달을 밟고 있"는 「울음 터」로 이어진다. 그런 관점에서 「구름의 문고리」나 「구름의 부족」 또한 눈물의 원형질로서 축축한 물의 이미지를 잉태하고 있는 이미지의 원천이 되고 있다.

썩는 것도 삶이라던 선생은 잘 썩었을까

알약을 가마니로 먹었으니, 틀렸다고

책상 위 모과처럼 썩기는, 글렀다 하시더니

저승 냄새 서둘러 몸 냄새로 맡고서는

빨리 썩고 잘 썩기를 그리도 바라시더니

거기선 어떠하신가, 모과보다 어떠신가

— 「모과처럼—정진규」 전문

　개인의 가족사에서 태동한 눈물은 급기야 같은 길을 걸었던 '한때의 동류'까지 추억하게 만든다. 지금은 가고 없는 시인들, 예컨대 정진규 시인과 박권숙 시인에 대한 추모가 그것이다. 추모라고는 하지만 박명숙 시인은 그들에 대해 신파적 목소리를 내지 않는다. 그건 너무나 진부하고 상투적인 방식이라서 아예 배제되었을 것이다. 어쩌면 생전의 친숙한 관계가 투영되었을 수도 있다. '정진규'라는 부제가 붙은 위의 시조 「모과처럼」에는 작고 문인을 대하는 시인의 태도가 잘 드러나 있다. 다소 발칙하게 보일 수도 있는 "썩는 것도 삶이라던 선생은 잘 썩었을까"로 시작되는 이 시편은 '모과'처럼 "빨리 썩고 잘 썩기를" 더불어 바라는 시인의 평소 생각이 녹아 있다. 썩는다는 것은 육체의 소멸을 뜻하지만 썩음으로써 다른 생명체의 거름이 되는 화학작용을 거쳐 재탄생에 이르는 생명의 순환작용이라 할 수 있다. 따라서 잘 썩기를 바라는 시인의 마음은 고인에 대한 원왕생의 발원이자 환생에 대한 축원이다. 「접시꽃이 피었다」에서도 시조시단의 아픈 이름 박권숙 시인이 떠나간 "데려올 수 없는 여름"에 대한 안타까움과 그리움의 정서가 눅진하게 배어 있다. 이러한 유한인생에 대한 정서는 "읽고 또 뇌는 세월이 다음 장을 넘기지 못하"
는 「책 읽는 노인」에게로 전이되고, 다시 "떠나야 할 날의
걸음"을 준비하는 「예순, 이후」로도 이어지고 있다.

> 당신이 들여다보면 쥐구멍이 되는 곳
>
> 금쪽같은 햇살이 구둣발에 밟히면
>
> 반 뼘쯤 지상으로 난 숨구멍도 막히는 곳
>
> —「banjiha」 전문

　박명숙 시인이 추구하는 '관념의 감각화'에서 환유의 원
리가 원심력으로 작용하고 있다면, 표층적 언어와 심층적
의미 사이에 포진한 상징과 은유의 원리는 시적 구심력으
로 작용한다. 그 과정에서 중심과 주변부, 자아와 타자의
대립적 세계는 처연한 이율배반의 이미지로 그려진다. 위
의 시조 「banjiha」는 대한민국의 불평등을 상징하는 특수
한 주거형태인 '반지하'를 나타낸다. 빈민가옥의 대명사처
럼 인식되는 '반지하'는 영화 〈기생충〉의 공간적 배경으로
등장해 해외에서도 주목받았다. 그러다 지난여름 외신들
은 서울의 집중호우 피해를 보도하며 한글을 그대로 옮긴
'banjiha'라는 표현을 썼다. 이는 한국 사회의 불평등과 빈
부격차를 나타내는 상징적인 공간으로서 주요 선진국에서
는 쉽게 찾아보기 힘든 주거형태이기 때문이다. 박명숙 시

인도 이러한 '반지하' 공간에 대한 소회를 풀어낸다. 누군가에게는 '쥐구멍'에 불과해 "숨구멍도 막히는 곳"이지만 그곳에도 사람이 살고 있는 현실을 아프게 반추하고 있다. 자본주의가 야기한 부조리한 현실을 환유하는 방식으로서 '반지하'를 은유하고 있는 것이다. 또한 제목을 영문으로 표기함으로써 개인의 주관적 감정이 배제된 객관적 관점의 서술이라는 점을 강조하고 있다.

무의식적으로 근원의 구심점과 원심의 현재를 오가며 자아와 세계의 균형을 견지하는 박명숙 시인의 시적 행보는 냉소와 조롱, 비꼼과 뒤틀림이라는 풍자적 어조로도 이어진다.

새끼 꼬듯 한번 꼬고 똬리 틀 듯 한번 틀며

버들 중의 버들로 만수무강 하시려나

용마루 걷어버리고 치렁치렁 사시려나

다리 꼬듯 허리 꼬고 몸 틀 듯 마음 틀며

이무기 중 이무기로 세세년년 누리시려나

용 틀며 용솟음치며 봄하늘 굽이치시며

― 「왕, 버들」 전문

「왕, 버들」은 '왕버들'의 속성을 의인화하여 인간사회의 모순과 갈등, 관계의 불합리를 열거법과 우의법을 동원하여 그 효과를 배가시키고 있다. 물질과 권세를 탐하는 못마땅한 인간상에 대한 분노가 이면에 깔린 비꼼의 시학은 동시대의 정치적 혹은 시대적 정황에 대한 소시민적 지식인의 당연한 대응이라 할 수 있다. 시인으로서의 고양된 정신세계와 도덕적 염결성은 더욱 강도 높은 비판을 가능케 하는 동력이다. 시적 화자는 자신의 진술을 고결하게 포장하려 하지 않는다. 시인이 쏟아내는 독설이 논리적 담론은 아니지만 그 체계는 이미지의 연결로 이루어져 있다. 그 독설의 실체는 각각의 불온한 이미지들의 총합이다. 그 별개의 이미지야말로 시인이 바라보는 현상계이다. '왕버들'의 접두어 '왕'이 실속 없는 껍데기의 이미지인 것처럼 시의 행간은 인과적 병렬성으로 서로 충돌 없이 그렇게 떠 있다. 결국 이 시조가 견지하는 독설의 밑그림은 비꼼이자 비틂이다. 무겁기만 한 진지함을 버리고 풍자적인 가벼움을 취함으로써 부정한 가치 체계의 지배를 받는 '속물'들의 사욕 추구에 대한 허구성과 기만성을 폭로하고 있는 것이다. 이는 곧 대상의 본질을 파헤쳐 자아의 내면에 웅크린 순수한 이상을 펼쳐보이는 기제로 작용하고 있다.

3. '낯설게 하기'의 지평을 넘어

몇 편의 작품을 통해 일별한 필자의 견해가 박명숙 시학을 온전하게 설명하는 데에는 부족함이 많다. 그럼에도 불구하고 이 시집 전체를 일관하는 시편들의 구조는 단단하고 이미지 또한 조밀하다는 점은 분명하다. 한편으로는 현대사회의 물질주의와 세속주의에 대한 고양된 정신세계의 방법적 응전이라는 면에서 편안하고 아름다운 서정시를 기대하는 독자들에게는 다소간의 불편함이 느껴질 성싶다. 그의 시조는 표층적 언어와 심층적 의미 사이에서 '관념의 감각화'를 추구하고 있다. 이러한 미학적 원리는 우리 삶의 진정성을 훼손하고, 기만하며, 인간의 가치와 의미를 물신적 차원으로 끌어내리는 현상과 그 이면의 생성 및 변화 과정을 읽어내고 비판하는 주체적 해석이라 할 수 있다. 이는 사변적 진술과 요설 행위를 감각의 차원으로 승화시켜 창작의 새로운 지평을 개척하는 것이기도 하다.

그의 시 쓰기는 환유적인 방식에 의한 '순수 이미지'의 디자인이라 할 수 있다. 그것은 적확한 언어와 차별적인 이미지에 대한 끊임없는 탐색이자 '낯설게 하기'의 사유와 실험의식의 발현이다. 이를 위해 물상에 대한 치밀한 관조와 전복적인 사유, 자아와 세계의 관계를 규명하는 존재의 탐색 과정을 거쳐 시적 영토를 넓혀간다. 더불어 물활론적 상상력을 통해 자연을 인간의 관점에서 재해석하고 동기화함으로써 미학적 가치를 고조시킨다. 요컨대 시인은 자연물의 우직함과 가변성을 형이상학적 이미지로 변용하고 활달한 언어 구사를 통해 일상에 가려진 사회적 이상을 시조로 형상화하고 있는 것이다. 이처럼 박명숙 시인은 평범함의 지평을 넘어서고자 하는 의지를 시적 상상력으로 재현해 펼쳐 보임으로써 또 하나의 유의미한 문학적 발자취를 『맹물 같고 맨밥 같은』으로 각인시키고 있다.

열린/시/학/정/형/시/집 175

맹물 같고 맨밥 같은

초판 1쇄 발행일 · 2022년 11월 25일

지은이 | 박명숙
펴낸이 | 노정자
펴낸곳 | 도서출판 고요아침
편   집 | 김남규

출판 등록 2002년 8월 1일 제1-3094호
03678 서울시 서대문구 증가로 29길 12-27, 102호
전화 | 302-3194~5
팩스 | 302-3198
E-mail | goyoachim@hanmail.net
홈페이지 | www.goyoachim.net

ISBN 979-11-6724-108-5(04810)
ISBN 978-89-6039-728-6(세트)

*** 이 도서는 한국출판문화산업진흥원의 '2022년 우수출판콘텐츠 제작 지원'
   사업 선정작입니다.**